フランネルの紐

東直子

河出書房新社

フランネルの紐

フランネルの紐　目次

光枝さんの指と口笛

光枝さんは、いつもきれいに爪を短く切りそろえている。第一関節が少しだけ膨らんでいる指の先で、布の上のかすかな膨らみを慈しむようになでている。目を閉じて指先に集中している光枝さんの耳もとで、私はその指がふれている色をささやく。

「それは、コーラルピンク。ももいろ珊瑚《さんご》の色のこと。とてもかわいい色だよ」

「コーラルピンク……、ももいろ珊瑚……、とてもかわいい色……」

「そう。それでそれは、丸い、小さな木の実なんだよ」

「丸い……、小さな……、木の実……」

光枝さんは私がささやいた言葉を、ゆっくりと、しずかな声で確認するように繰り返す。光枝さんがさわっているのは、私が刺したクロスステッチの刺繡《ししゅう》。四角い木製のフレームに入れてある。

「これはなに……？」

布の上の指を少し移動させて、光枝さんが訊いた。

「そこは枝。茶色い枝」

「茶色い枝……」

「でも、そこ、そうそう、その上の方に二本伸びている、それは、足ね。小鳥の足」

「あら、まあ、足、小鳥の足！」

光枝さんはまぶたを開き、少し驚いたような顔を見せた。

「そう、茶色い足」

「茶色い足」

そう言うと、小鳥の足先から指をすっと上の方に滑らせた。

「そう、それで、そうそう、そこから小鳥のお腹で、そのへんはグレー」

「グレー」

「ちょっと濃いグレーね」

「ちょっと濃いグレー」

「それでね、上の方にむかって、だんだん淡いグレーになってるの。グラデーションで」

「だんだん淡いグレー……、グラデーション……」

「あ、そこ、そこは、小鳥の胸。コーラルピンク」

「まあ、小鳥の胸……、コーラルピンク……」

光枝さんは目を細めて、口角を上げた。

「かわいい色……」

「そうそう、首から胸にかけて、さっきの丸い実とおんなじ、コーラルピンク、つまり、かわいい、ももいろ珊瑚の色をしてるの。とてもきれいよ」

「首から胸……、コーラルピンク……、かわいい……、ももいろ珊瑚の色……、とてもきれい……」

「そうそう」

「とっても、おしゃれさん」

「そうですね」

「ももいろ珊瑚のおしゃれな小鳥さんは、スカーフさんと呼びましょう」

光枝さんは、目尻を下げ、白い歯を見せて顔を上げた。五階の窓から射す光が、顔を照らす。

光枝さんに、その鳥の種類が「ウソ」という名前であること、くちばしが濃いグレーで、頭が真っ黒だということも伝えた。

「ウソ？　ウソっていう名前の鳥なの？　ほんと？　ほんとなのね？　ウソだなんて、ウソみたい……ホホホホホホ」

光枝さんは高らかに笑った。

私は、スマートフォンで鳥のウソの鳴き声を検索し、これがウソの鳴き声だよ、と説明してから、動画を再生して光枝さんに聞かせた。

「あら、口笛みたいね」

光枝さんの言う通り、ウソの鳴き声は、高く澄んだ心地よい響きで、楽しい気分で奏でる明るい口笛のようだった。

光枝さんは唇をすぼませて、ウソの鳴き声を真似して口笛を吹いた。そっくりだった。光枝さんは、いろいろな音を真似するのがとても得意なのだ。ウソの鳴き真似は、殊に出色《しゅっしょく》だった。

スマートフォンのスピーカーから流れる鳴き声と光枝さんの口笛が、会話するように、合唱するように、清らかに響き合う。光枝さんの五階の窓の外から、もしかしたら本物のウソの鳴き声も響いてきたかもしれないと思いながら、響き合う音のハーモニーをひととき浴びた。

「スカーフさんは、ネクタイさんのお隣に飾ってちょうだい」

刺繍の額を、光枝さんが高く掲げた。

「はい」

手を伸ばして、それを受け取った。

「ネクタイさん」とは、シジュウカラのこと。胸にネクタイのような模様がある小鳥である。以前、私がやはりクロスステッチで仕上げて光枝さんにプレゼントしたのだ。

光枝さんの部屋の白い壁に、ウソのスカーフさんと、シジュウカラのネクタイさんが並んだ。光枝さんは、壁に並んだ刺繍の額を、いとおしそうに何度もかわるがわるなでた。

コーラルピンク……茶色……グレー……、黒……、とつぶやきながら小鳥にふれ、その色を復習している。

じゃあまた来ますね、と刺繍の小鳥にふれるその手をなでると、光枝さんは、そうそう、と言いながら、もう片方のてのひらを私の手に重ねてすすっと擦《さす》った。

「気持ちがりんりんする蠟燭《ろうそく》をあげましょう」

「わあ、うれしい」

光枝さんは香りのスペシャリストで、アロマキャンドルを作って販売している。おちょこキャンドルね、とわたしてくれたそれは、確かにおちょこのサイズのキャンドルだった。

私と光枝さんは、同じ団地に住んでいる。気持ちがりんりんしたら、私はなにがやりたくなるだろう。小鳥を包むようにキャンドルを両手で抱えて、一階の自分の部屋へと降りていった。

ちぎれるから好きなのでしょう綿雲や羽根や手紙や遠いうたごえ

率子さんの風の家

小さな川の小さな橋の前に木製の看板が立っている。看板には、手書き文字でこんなことが書いてある。

《犬、猫、兎……動物のお洋服、作ります。人間のお洋服も作ります》

橋のむこうには、率子《りつこ》さんの家がある。橋は家の敷地に直接つながっていて、この家専用のもの。庭には洗濯物を干すような竿《さお》がいくつもあり、ひらひらと色とりどりの布がなびいている。風が布をやわらかくする魔法をかけてくれるのだと率子さんは言う。洋服作りに使う布は必ず一度手洗いし、風にあてているのだ。

率子さんは、母の従姉妹。率子さんに最初に作ってもらったのは、小学一年生のときに飼いはじめたジャンガリアンハムスターの洋服だった。率子さんは「アーラ、かわいいコ」と高い声を出してハムスターをてのひらに乗せ、もう片方の手でふわ、ふわとその身体にふれた。指でふれた感じでサイズを測るのだ。

率子さんは、兎だろうと犬だろうと人間だろうと、洋服を作るときにメジャーを使ったりしない。手でふれて大きさと肉付き、中の骨の様子を感知し、身体にしっくりと合う動きやすい服を拵《こしら》えるのだ。

私のジャンガリアンハムスターのチェリーちゃんには、チェリーの模様のチョッキを作ってくれた。おそろいの生地で私のチェリー柄のワンピースも作ってくれて、しばらくそのワンピースばかり着ていた。肌ざわりのよいやわらかい生地は身体に気持ちよくよりそい、風の中を歩けばすっかり風になじんで、自分の身体ぜんぶが風になったような気さえした。

「それではジンカンのお洋服のサイズも測らせていただきます」

率子さんは、人間のことを「ジンカン」と呼ぶ。橋の前の看板もよく見ると「ジンカン」とルビが振ってある。

率子さんは、私の頭をなで、首をなで、肩から腕にかけてふわふわと揉《も》み、脇をなで、おしりをぽんぽんとして、太ももとすねをふわふわと揉んだ。私はその間、気持ちよいような、くすぐったいような心持ちがして、笑いをこらえるのがたいへんだった。

チェリーちゃんは二年で寿命がきて死んでしまった。数年後にトイプードルのマッキーを飼いはじめてからは、それはそれはかわいいマッキー用の洋服が次々に生まれた。中でもお気に入りは、白い襟のついたボーダーのブラウスと短パンのセットアップ。これを着て街を歩くマッキーは、誰よりも凛々《りり》しく見えた。

「この間は、馬を連れてきた人がいたの。黒馬よ。つやつやした毛並みが、それはそれはうつくしかったわ」

幸子さんは、針を動かしながらうっとりと言った。

「どんなお洋服？」

私はわくわくして訊いた。

「泳ぐための服よ。おそろいの水着を着て、湖で一緒に泳ぎたいんだって。だから真っ黒で、サテンみたいにつやつやしていて伸縮性のある生地を使って、全身をすっぽり包むおそろいの黒い水着を作ったの。きっと湖では、大きなイルカと小さなイルカが波間で遊んでいるように見えたでしょうね」

私は目を閉じて、大小の黒い不思議なイルカが遠い湖を泳いでいる姿を想像した。風が吹いて、髪が揺れた。風は水の匂いを含んでいて、湖で泳いでいるように感じた。

と、「キャンキャン」と鳴き声がした。マッキーが、布のたなびく庭をかけまわっているのが窓から見える。今日は虹色のTシャツ。もちろん率子さん作。物干し台の風にたなびく布の間から、小鳥や蝶たちがはらはらとゆるやかな円を描きながら飛び立つ。布の模様からひとトき飛び出したようだ。

「さあ、できた」

率子さんが鋏《はさみ》で糸をちょきん、と切り落としながら言った。率子さんの手の中には、小さな青い帽子がある。微妙に色の違う水色の布が接《は》ぎ合わされ、うねうねと波打つ裾には真っ白な縁取りが施されている。

「ベイビー素晴《すばる》のチューリップハット！　いろんな青天を映していますよ」

「わあ、すてき！」

私は帽子を手にとってつくづくと眺めた。微妙に違う水色は、日によって少しずつ異なる空の色だったのだ。真っ白な縁は雲を表しているのだろう。「ベイビー素晴」とは、最近生まれた私の十二歳年下の弟のこと。授乳中のママにかわって私が帽子を受け取りにきたのだ。

採寸のときは率子さんが私たちの家まで来てくれた。率子さんは、生まれたての身体にさわったら悪いからと言って、念を送るみたいに素晴の頭のまわりにてのひらをかざして大きさを測った。

「これで素晴もお散歩に出かけられる！」

「この帽子は、晴れのお守りにもなるわよ。なにしろ、海の風を何年も受けながら空を仰いできた船の帆を洗って染めたんだから。マッキーにも青空のおすそわけを作りましたよ。マッキー、おいで」

率子さんは、水色のサンバイザーをマッキーの頭にかぶせた。マッキーは、少しきょとんとした顔をしたあと、ぶるんと身体を震わせてから、また庭にかけだした。虹色のTシャツに水色のサンバイザー。今日のマッキーにタイトルをつけるとしたら「雨上がり」だな。

失礼します、と言いながら、率子さんがふわりと私に布をかけてくれた。淡い水色で、下の肌が透けて見える。

「きれい」

「これ、もともとは私のお母さんのウエディングドレスのベールなの。形がくずれて黄ばんでたから青空色に染めてショールにしました。素晴誕生記念、ね」

淡い青空色のショールは、青空の匂いがする、と思った。

飛びたがる帽子を押さえ流れゆく水をみていた一緒にみていた

メルさんの羽根

夕暮れが夕闇に変わるころ、私たちは庭先のテーブルに並べたいくつもの蠟燭《ろうそく》に火を灯《とも》す。村には鳥の羽根をむしった気配が満ちていて、一枚、二枚、ふわり、ふわりと夕闇に浮かんだ白い小さな羽根が、かすかに揺れる炎に舞い降り、ジ、とかすかな音をたてて燃える。

鳥の羽根をむしったのはメルさんと呼ばれている女性である。メルさんは、私たちのテーブルに一緒につくことはない。一人暮らしのメルさんは、他の人とは決して食事を共にしない。しかも、果物以外は口にしないという噂である。

きっと今ごろ、むしったばかりのやわらかい羽根に埋もれて、今日私たちが差し入れたオレンジを、爽やかな香りの果汁をほとばしらせながら食べていることだろう。

暑くもなく、寒くもなく、適度にしめった風が、額《ひたい》に、頬に、くびすじに通りすぎるのを感じる。皿の上のこんがりと焼けた鶏肉が、食欲をそそる香りを放っている。にぶく光るナイフをすっと受け入れたやわらかいその肉は絹のような舌触りで、とてもおいしい。おしゃべりのための舌も快活になり、話がはずむ。深まる夜の空の下で、明日にはすっかり忘れてしまうようなとりとめもない話を、私たちは重ねるのだった。

朝の光の下を白い大きな鳥が歩いている、と一瞬誰もが思うそれは、メルさんである。白い羽根ですっかり覆われたふわふわのワンピースを着ているのだ。フードもついているので、見えているのは、顔と手とくるぶしくらい。

目が合うと、「ハロウ」と、少し低い声で声をかけてくれる。「ハロウ」と同じ言葉を返すと、メルさんは、ふ、と真顔になって、「鸚鵡《おうむ》じゃないのに、鸚鵡返し」と、鼻に皺《しわ》を寄せる。でもそれは別に機嫌が悪くなったからではなくて、ただのいつもの癖で、むしろちょっと機嫌がいい。気にしなくてもいいのだ。私がケラケラ笑うと、メルさんはますます鼻に皺を寄せる。

「たのまれたもん、持ってきたよ」

メルさんは、ふわふわのワンピースの中に手を入れて、中から白い袋を一つ、にゅっと取り出した。

「極上のを入れておいたから」

メルさんが手渡してくれた袋の中には、白い羽根がぎっしりとつまっている。

「水鳥の羽毛の、いちばんやわらかいあたりだよ。さぞかしいい夢が見られるだろうよ」

「うれしい！」

水鳥の羽毛がぎっしりつまったふわふわの袋を、私はそっと抱きしめた。羽根枕を作るための羽毛を、メルさんにお願いしていたのである。

お礼に渡した麻袋いっぱいの林檎《りんご》を受け取ると、メルさんはまた白い羽根をふわふわとなびかせて、朝日の下を帰っていった。光を照り返す白いふわふわは、楽しそうにも、淋しそうにも見える。

メルさんの家は、丘の上の風車小屋。風車の羽根の部分に、カラスや鳶《とんび》などの羽根を貼り付けているので、少々まがまがしい見た目の風車小屋である。

羽根が剝《は》がれてきたら、メルさんがひょいと羽根に飛び乗って修理をする。黒い羽根の中に白い羽根姿のメルさんが乗ると、とても目立つ。風車の羽根から羽根へ、器用に飛び回るメルさんを遠くから見ると、本物の鳥にしか見えない。あの羽根の洋服を脱ぐと、実は本物の鳥の姿をしているのではないかと思う。メルさんが洋服を脱いだ姿を、この村では知っている人はいないのだ。

私の家でいちばん年上のおばあさんも、最初からあの恰好だったねえ、と言っている。

「なんだか、似てるんだよねえ」

おばあさんは、目をしばたたかせる。

「昔、踊っていた、あの……」

おばあさんはそう言うと、目を細める。とても遠くのものを見るように。おばあさんが「昔」と口にするときの「昔」は、たいてい、ダンスホールで働いていた少女のころのことである。この村では、年端《としは》も行かないうちに街に出て働く子どもも多かったのだ。

「お日様が出たばっかりのころから、日がとっぷりくれる真夜中まで、毎日毎日、そりゃあよく働いたよ」と、おばあさんは話しはじめる。

きれいな踊り子さんたちの世話をするんだよ。髪を梳《す》いて、背中に白粉《おしろい》をはたいて、爪を磨いて、口紅をつけて、香水をふりかけて。衣装がほつれていないか、ボタンがとれかけていないか、ティアラの飾り玉が欠けていないかのチェックも、念入りに。舞台は一日に何度もあるからね。合間に掃除をして、食事作りの手伝いもする。それはもう、忙しくて。

でも、ぜんぜん辛くなかった。踊り子さんたちはみんなやさしくて、いい匂いがして、きれいで、うっとりしたもんだよ。特にね、夜のいちばん深い時間に開かれるショーは、それはそれはすばらしかったわ。きれいなお姉さんたちが、大きな羽根を背負うのよ。きらめく巨大な色とりどりの孔雀《くじゃく》になって、点滅する光の中を舞い踊るの。観客もみな立ち上がって、拍手をして、大きく手を振って、踊り狂うの。踊り子たちの背中から抜けた羽根が光と闇に飛び散って、きらきらと輝きながら舞っていたわ。ああ、あれは、なんという時間だったのかしら。

中でも抜群にスタイルがよくて、なにもかも射ぬくような鋭い目をしていたあの人に、メルさんは似てるのよね。

「明日はこれをメルさんに持っていっておやり」と言って、おばあさんは桃を一つ、差し出した。

その夜、私はできたての羽根枕の横に、その桃を置いて眠った。桃色の香りがする、と思いながら。

ごらんなさいわたしの背中だれひとりふれえぬ星を映しているわ

チタン先生の蜘蛛の巣

　複雑に枝分かれした迷路のような細い路地をきまぐれに歩いていると、ふいに色とりどりの花が目に飛び込んできた。そこには赤い屋根とクリーム色の壁のかわいい建物があり、「KNIT HOUSE」という看板が立っていた。ローマ字を覚えたばかりの私はそれを「クニトホウセ」と読んだ。なんだろうと思いながら立っていると、「おじょうさん」と声をかけられた。うす茶色の眼鏡をかけた女の人だった。

「編み物に、興味があるのかしら？」

「編み物？」

　眼鏡の人は、看板を指さした。私が「クニトホウセ？」と読み上げると、その人は、おほほほほほほ、とユニークな楽器のような声で笑い、「これはニットハウス、編み物のお教室なのよ」と言った。

「編み物……！」

友達のお母さんが一本の編み針をくるくると動かしてマフラーを編んでいるのを見て、魔法みたいですてきだ、と思っていたので、思わず大きな声が出た。

「編み物ができるようになるんですか?」

「そうよ、みんなで一緒に編むの。どう? あなたも」

その人は眼鏡を外し、夜空のようにきらきら光る瞳を私に向けた。思わず「はい」と返事をした。

こうして私は、偶然出会った編み物教室に通うことになったのだった。もう二十年になる。

先生は、みんなからチタン先生と呼ばれている。眼鏡の材質がチタンでできているから、という噂があるが、真偽の程は定かではない。

チタン先生の編み物教室で、かぎ針編み、棒針編み、アフガン編み、指編み、ヘアピンレース編みなどの編み物の技術を一通り学んだ。会得した技術は、個人作品のためではなく、チタン先生が考案した作品をみんなで一緒に仕上げるために発揮するのである。

チタン先生の指は、細くて長く、とてもしなやかで、どんな糸も先生の手にかかれば、清水のように従順に、思い通りの形になってくれる。先生の作り出す世界がみんなとても好きなので、一緒に作る時間がほんとうに楽しい。先生の手の動きを注意深く見ながら、私たち生徒は呼吸を合わせるように編み物を進めていく。

できあがった作品は、年に一度の作品展に展示する。自分の作品として持って帰れないことを残念がっていた私の母は、作品展でそのすばらしさに感動すると「共同作業っていいものねえ」とうっとりと言った。

例えば以前、「チョコレート山嶺《さんれい》」という作品を作った。生徒の一人が作業中にココアをこぼして素材の白い毛糸を汚してしまったことがきっかけだった。落ち込むばかりの生徒に、先生は「いいのよ、いっそのこと、そのおいしそうなチョコレートの色を使って、チョコレートの山を作りましょう」と提案したのだった。

そして「好きな味のチョコレートを持ってくること」という先生の指示に従って、ミルクチョコやダークチョコ、ホワイトチョコに苺や抹茶のチョコレートも集まった。それらを溶かし込んで作った特殊な液で染めると、ほのかに甘い香りのする絶妙な風合いの毛糸になった。その糸を使って立体地図を作るように、チョコレート色の山々を編んで形作ったのだった。できあがった「チョコレート山嶺」は、眺めているとあたたかな気持ちになり、健やかな食欲がわいてきた。展示会のあと、有名なチョコレートの会社が買い取り、本社のロビーに飾られているそうだ。

ある日私たちは、チタン先生に呼び出された。一晩降り続いた雨が上がった朝のことで、空気は清々しく澄んでいた。

先生は、「KNIT HOUSE」の建っている庭の奥に生徒を誘うと、これを見て、と一本の木を指さした。そこには枝や葉に絡まる大きな蜘蛛《くも》の巣があり、黄色と黒の縞々《しましま》の主が、真ん中に鎮座していた。蜘蛛の巣に留まる無数の水滴が、朝日を照り返している。

「真ん中にいるのは、コガネグモよ。繊細な蜘蛛の糸が雨をたたえて、なんとうつくしいことでしょう」

チタン先生が眼鏡の奥の目を細めた。

「これから私たちは『雨上がりのコガネグモの巣』を作ります。これをよく見つめて、イメージを脳の奥に焼き付けてください。特に、蜘蛛の巣の上の水滴のちらばり具合を。巣とコガネグモはレース糸で、雨の一滴一滴は、透明なビーズを使って表現します」

レース糸とビーズで作られた「雨上がりのコガネグモの巣」が頭の中できらきらと輝き、私はわくわくした。

「KNIT HOUSE」の部屋に入ると、机の上に、真っ白なレース編み用の糸と、ビーズの入ったガラスの瓶が誇らしげに置かれていた。ビーズは、淡い水色、淡い桃色、淡い紫と、かすかに異なるニュアンスを帯びている。そして、それぞれの席に、レース編み用の銀の針が光っている。

「絹のレース糸を用意しました。蜘蛛の糸で作られたものがあれば、最高だったのですが」

チタン先生は、少しくやしそうに言った。

「さあ、まずは水滴を糸に通してください。あの水滴を思い出して、思うままに、存分に」

チタン先生は、ガラスの皿に、瓶の中のビーズをさらさらとこぼした。少し高い位置からビーズを落とすので、先生の指は、さながら雨を司る神様の指のようだった。

水滴、水滴、朝日に光る、蜘蛛の糸の水滴……。心の中でそうつぶやきながら、無心で糸にビーズを通していった。

私たちの指先で選ばれたビーズたちは絶妙な色と光を抱えて糸に連なり、しずかに待機している。

水滴の形をたもつ力あり　はい、という語の涼しき響き

マルちゃんのリボン

　私たちの家は、近所の人たちからリボンの家、と呼ばれている。庭に、たくさんのリボンが結びつけられている一本の木があるのだ。この木は、マルちゃんの木。リボンは、マルちゃんのリボンだ。

　マルちゃんと私は、この世に生まれる前から一緒だった。同じときにママのお腹の中にいて、ほんの少しだけ私が先にこの世に生まれ出てきたのである。

　私は、マルちゃんの隣で眠っていたことを、ぼんやりと覚えている。綿雲にふんわりと包まれたようなぼんやりとした景色の中に、すうっと気持ちのいい風が吹いて、いい匂いのするあたたかな生き物の気配を感じた。あれが、マルちゃんだったのだ。

　ママは「ほんと？　ほんとうに、覚えているの？」ととても驚いたけれど、私の記憶の中に、あの時間は存在している。

私もマルちゃんも言葉は知らなかったけど、特別ななにかを確かに感じあっていた。マルちゃんも私のことを感じていたに違いない。

「生まれたとき、マルちゃんはお顔がまるまるしてたから、マルちゃんってあだ名で呼んでたの」とママがいつか教えてくれた。

マルちゃんは、お役所に正式に名前を提出する前に、突然天国に行ってしまった。この世にいたのは、わずか三日だった。

マルちゃんがこの世から消えてしまった日、ママは悲しくて悲しくて、庭にしゃがんで長い間泣いていたそうだ。

ひとしきり泣いて、地面に涙をすっかり落として目を開けたとき、目の前になにかの植物の芽が土から顔を出していることに気がついた。これはマルちゃんの化身に違いないと、ママは思った。

マルちゃんの木は、その後すくすくと育ち、一本の木になった。なんという種類の木なのかわからないままだが、夏にはたっぷりと緑の葉をたくわえ、秋になったらおしげもなくそれを大地に落とし、ゆっくりと大きくなっていった。いつからか春先には小さな白い花が咲き、小さな青い実をつけるようになった。

マルちゃんの木に最初に結んだのは、真っ赤なリボン。私の一歳の誕生日にもらったプレゼントのリボンを、ママが私の髪につけて鏡を見せてくれたのだ。「ほら、かわいい」とママが言ったとたん、私はそのリボンをぱっと外して庭の方に手を伸ばしたそうだ。手の先には、マルちゃんの木。「マルちゃんにもリボンをつけてあげて、って言ってたのよ」とママは言う。

それからは、私が受け取った贈り物のリボンをすべて、マルちゃんの木にリボン結びをするようになった。リボンはいつも半分に分け、切り分けた片方のリボンを髪につけた。そして必ず一緒に記念写真を撮った。

誕生日や入学や卒業、怪我で入院したときの退院祝い、ちょっとしたお土産など、私の人生の折節に贈られたリボンは、必ずマルちゃんの木とシェアしてきた。なにしろ私たちは、生まれる前からママのお腹をシェアした仲なのだ。私はひとときもマルちゃんのことを忘れることはなかった。

マルちゃんができなかったこと、行けなかった場所、会えなかった人のことを思いながら、私ができたこと、行った場所、会えた人のことを、マルちゃんの木にいつも伝えてきた。

最初にママが結んだ赤いリボンは、今では高いところに行ってしまい、もう手が届かない。すっかり色褪《あ》せて、リボンの形もほどけてしまったが、まだしっかりと枝にしがみついて、風に吹かれている。

私は地元の幼稚園から小学校、そして中学高校に進み、地元の大学に進学し、地元の企業に就職した。就職先で、初めて恋人ができた。恋人は、細い縁《ふち》の眼鏡が似合う、それはやさしくてすてきな人で、なんでもない日にもよく贈り物をくれた。必ずきれいなリボンを巻いて。もちろんそれらは、マルちゃんのリボンになった。記念写真も恋人が撮ってくれた。

つややかなサテン生地に金色の縁かざりのあるリボンや、鮮やかな刺繡入りのリボンなど、華やかで大人っぽい印象のリボンが、マルちゃんのリボンの仲間に加わった。マルちゃんの木が一緒に大人になっていくようで、うれしかった。

ある日、恋人が、少し言いにくそうに海外赴任が決まったことを私に告げた。どうしても海外でやってみたい仕事があるのだと言う。そして私に一緒についてきてほしい、と、銀色の細いリボンを結んだ小箱をくれた。中には、私の指のサイズの指輪が入っていた。

プロポーズだった。うれしかった。でも、とても戸惑ってしまった。マルちゃんの木から離れて、そんなに遠くで暮らすことなんて、できないような気がしたのだ。

私はその気持ちを、ママにつつみかくさず話した。ママは私の話をじっくりと聞いたあと、青いリボンでまとめた青い布を私に手渡した。リボンをするりとほどくと、一枚の青いワンピースが出てきた。
「これはね、マルちゃんの木の青い実で染めた布で作ったの。こんなにきれいに染まって、すてきでしょう。ママとマルちゃんからのお祝いよ。マルちゃんも、あなたの新しい生活を祝福してくれてる」
それはほんとうにきれいな青い色で、マルちゃんの木がこれまでに見た、たくさんの空の色が溶け込んでいるのだと思った。

出発の日、私はマルちゃんの木の実の青いワンピースとリボンを身につけ、おそろいのリボンをマルちゃんの木にリボン結びにした。行ってくるね、とささやくと、さわさわと、さわさわと、マルちゃんの木が風にゆれた。

結んではほどいて木々は背を伸ばすそこからなにが見えるでしょうか

ココさんの心臓

母はずっと縫い物をしていた。頭の中に浮かんでくるのは、忙しく動く指と背中ばかり。ミシンのような機械は一切使わず、いつも手縫いでちくちくとなにかしらを拵《こしら》えていた。

あとで聞いたところによると、依頼人の写真を見て、その人にそっくりの人形を作る仕事をしていたそうだ。そういえば、人形のパーツのようなものがたくさん床に置かれていたのを覚えている。

母が私に作ってくれた人形が、一つだけある。片手で握って持ち運べるくらいのやわらかい布の人形を、ある日私のために作ってくれたのだ。そのとき、深紅の丸いボタンを見せてくれた。

「これが、この子の心臓。ほら、ここ。どきどきするところ。命でいちばん大事なところ」

母は私を抱きしめて、自分の心臓の音を聞かせた。ドク、ドク、ドクというかすかな心臓の音を、私は夢見心地に聞いた。

「これをこうして、この子の中に入れておくの」

母は白い綿の中に深紅のボタンを埋め込み、白い布でくるんだ。人形の胴体部分である。一針一針丁寧に母が縫い付けるのを、じっと見ていた。

赤いボタン入りの白いボディーに綿入りの白い手足と頭部が縫い付けられ、シンプルな赤いワンピースが着せられ、頭にはすっぽりと赤い帽子が被せられた。

最後に母は、自分の髪の毛を何本か根元でちょきんと切って針に通し、目と鼻と口をその髪の毛で刺繡した。

「この子のことは、ココさんと呼んでね。〝ここにいるよ〟っていつも言ってくれるのよ」

「ココさん？」

「そう。お母さんのかわりに、ココさんがずっとそばにいてくれるからね」

私は、意味がわからなくて母の顔を見た。その顔を今でもうまく思い出すことができない。そのかわりに、しっかりと記憶に刻まれた声がある。

「ずっと一緒にいられなくて、ごめんね」

母はその言葉を最後に、どこかに行ってしまった。深紅のボタンの心臓と、髪の毛でできた顔のココさんを私に残して。

ココさんは、片手でそっと握ると、硬くて丸い心臓の在《あ》り処《か》がわかった。握るたびに、生きてるよ、と小さな声で言っている気がした。

母の髪の毛で描かれた目はつぶらで、鼻筋はまっすぐ。口はきりりと一文字で、意志の強そうな顔をしていた。

ココさんは声を持たなかったが、ココニイルヨ、と私の心に声ではないもので語りかけてくれている気がした。不安なとき、悲しいとき、むなしいとき、悔しいとき、淋しいとき、うれしいとき、私はココさんを握った。そうすると、ココさんと感情を分け合うことができるような気がして、心が落ち着いたのだった。

ココさんとは、いつも一緒だった。学校にも、公園にも、海にも、山にも、ココさんを連れていった。なのでココさんは、だんだんくたびれた感じになっていった。帽子は傾き、手足は頼りなくぶら下がり、ワンピースの裾は綻《ほころ》び、胴体からは白い綿が一部はみ出した。でも、髪の毛の顔だけは、いつもしゃきっと同じ表情をしていた。

人形のボディーや洋服は、新しいお母さん（私には別のお母さんがすぐにできたのだ）が繕《つくろ》ってくれた。新しいお母さんも裁縫が得意で、人形の新しい洋服や帽子をいくつも作ってくれた。チェックや花柄やニットなど、さまざまな柄のさまざまな素材で。元々の衣服に敬意を示したのか、必ずどこかに赤い色が入っていた。

私も、裁縫がとても好きになった。いろいろな人に喜んでもらえる洋服を生み出すデザイナーになろうと、ある日家を出て、遠い世界に飛んでいった。もちろんココさんも一緒に。ただ、寝室の棚に座布団を敷いて座らせたまま、ココさんを外には出さなかった。

異国の部屋で眠る前に、おやすみ、とひとことだけココさんに声をかけた。ココさんの口は相変わらず一文字に結ばれていたが、ちょっとずつゆるんできたな、とも感じていた。

私は晴れて服飾デザイナーになった。仕事は、それは楽しく忙しく、いつしかココさんのことを考えない日が多くなった。仕事の都合でたびたび引っ越しをして、もちろんココさんも一緒に移動した。しかしあるときから、段ボールにしまい込んだままになってしまった。

やがて私はすっかり歳を取り、仕事も引退し、膨大な荷物を整理することにした。私は山をなす段ボールの中にあるはずのココさんを探した。

ココさん、小さい私の心にいつも寄り添ってくれたあのココさんは、どこに行ってしまったの。

何日もかけて段ボールの中からやっと探し出したココさんは、すっかり埃《ほこり》だらけで黒ずみ、綿が飛び出し、顔の刺繍もあちこち切れて、ふにゃふにゃになっていた。

ああココさん、ごめんなさい、こんなになるまで放ってしまって。

私はココさんを抱きしめて、心から謝った。そのとき、ふにゃふにゃになったボディーの奥に、硬いものがあるのを感じた。心臓。ココさんのボタンの心臓だ。

私は広いテーブルの上に白い布を敷き、ココさんのボディーをそっと横たえた。糸切りバサミで、胴体の布の脇を綴じている糸を丁寧に切って取り外した。

布を開くと、黄ばんだ綿の中からボタンが一つ、出てきた。記憶の中と同じ、深紅のボタンだった。生まれたてのように、つやつやしていた。てのひらに乗せると、かすかにあたたかかった。

ココニイルヨ、と深紅のボタンが私に話しかけてきた気がした。

胸のボタン閉じて炎の前に立つ静かな儀式はじまる夜の

ストライプさんのストライプ

ストライプさんの本当の名前を、ほとんどの人が知らない。ストライプさんは、いつもストライプの服を着ている。色や線の細さはいろいろだが、シャツもパンツも靴下も帽子も靴もストライプ模様が入っている。住んでいる家の壁もストライプの模様。よく晴れた空から絵の具を汲《く》んできたような青と、雲のような白とのストライプである。

家の前に置いたベンチに、ストライプさんはよく座っている。ストライプの壁にストライプの服。ストライプさんがそこに座ることを〝擬態〟だとみんなが言う。擬態中のストライプさんは、本を読んでいるか、アイスクリームを食べているかだ。

ストライプさんは、本を読む仕事をしているのだ。新しい本も古い本もたくさん読んで、本の特徴や感想を書く仕事なのだそう。本を読んでいるときのストライプさんは真剣そのものなので、決して声をかけてはいけない。アイスクリームを食べているときは、仕事の休憩をしているとき。時間はまちまち。運よくストライプさんのアイスクリームタイムに通りかかると、アイスクリームのご相伴にあずかれることがある。

学校が休みの日に、友達の家に遊びにいったら別の友達のところに行ってしまったということがわかって、しかたなく家に戻ろうとすると、ストライプさんが擬態していた。

アイスクリームを食べている！

赤紫色と白のストライプシャツを着たストライプさんは、私が近づくと、よきかなよきかな、と言いながら、私の分のアイスクリームを器に入れて持ってきてくれた。この日は、ラズベリーとバニラのストライプアイス。陶器の器と匙《さじ》は、赤紫色と白のストライプ。すべてストライプさんの手作りなのだ。ほんとうに徹底しているなと思いながら、甘酸っぱいアイスクリームを口の中でとかした。

ねえ、ストライプさんは、どうしていつもストライプのものばかり着ているの？と訊くと、えーそんなこと知ってもしょうがないよう、と言っていつもはぐらかされる。でも、友達と遊べなくてちょっと淋しかった私は、今日は食い下がった。

「しょうがなくなんかないよ、知りたい、知りたい、とっても知りたい！」

「えー、どうしてよう、どうしてそんなことが知りたいのよう」

「どうしてって……、そりゃあ、ストライプさんのことが……」

「ん？」

「好きだから」

ストライプさんは、驚いた顔をしたままストップモーションがかかったようになり、ストライプの匙をぽとりと落とした。

「……え、なになに」

ストライプさんは、再び動きだし、手の甲で顔の汗をぬぐった。私は、ストライプさんが落とした匙を拾い、持っていたティッシュペーパーできれいにふいてから手わたした。

「あ、ありがとう……」

ストライプさんは、ストライプのその匙をまじまじと見た。

「そうか……わかった。じゃ、話してあげる」

ストライプさんは、「自分じゃ身のまわりのことがなーんにもできなかったころ」、母親の具合が悪くなって、おばあさんの家に一人で預けられていた時期があったそうだ。

「ものすごーい田舎でね、ばあちゃんも畑やったり家のことやったりで忙しくてさ、あたしのことなんかかまってられないわけさ。だから、とーっても退屈しちゃってさ。なにしろ、田んぼと畑しかないわけ。だけどさ、一軒だけあったわけさ、いいかんじのお店がさ」

食器や洗剤などの消耗品、文房具に駄菓子や飲み物など、いろいろな雑貨を扱うよろず屋さん、コンビニエンスストアのご先祖様みたいなお店だったそうだ。

「名前は〝あんこや〟って言ったの。意味わかんないね、あんこのものなんてあんパンくらいしかなかったのにさ」

私が思わずキャハハと笑うと、ストライプさんもうれしそうに、ははっと笑った。

「でさ、別に買い物しないよ。まだ小遣いももらってないちっちゃい子どもだったもん、行ったってなにも買えないんだよ。でもさ、行くとさ、よう来たな、とか言ってくれてさ、あめ玉一コとかくれるわけさ。それが実においしくて。こっちは淋しいのもあるしさ、その人のこと、好きになっちゃったんだよね」

「……恋!?」

「いやいや、だから、まだ赤んぼみたいなころの話さ。顔だってよく覚えちゃいないよ、若者だったのか、年寄りだったのかもわかんない。ストライプの服を着てたってことしか、覚えてないんだよ」

「ストライプ……！」

「そう」ストライプさんは深々と頷《うなず》いた。

「それからかあちゃんの具合もよくなって迎えにきてくれて、家に帰った。つまり、ばあちゃんの家とも村ともお別れしたんだ。で、それからだいぶ経ってからその村に行ったら、〝あんこや〟はもう、影も形もなかった。あのときは毎日会ってたけど、今はもう、どこでなにしているやら。だからさ、あたしはあんたのこと覚えてるよって言いたくて、今もストライプを着てるのさ」

「そうだったんだ……」

「あたしの顔も、きっとみんな覚えてない」

そんなことないよって言おうとしたけど、確かに目をつぶってみると、数々のストライプのイメージばかりが浮かんで、ストライプさんの顔のイメージはおぼろだ。

「でも、ストライプ着てたってことは、覚えてるよね。それがいいんだよ。あたしのことは忘れていい。でも、ストライプだけは、覚えていてほしいんだな」

ここに椅子をここにノートをひんやりとここに上ればあなたに見える

ミルミルさんの安眠枕

想像して。一日でいちばん満ち足りた時間に入っていくの。そのとき、なにもかも忘れて夢の世界を旅するための扉なの、これは。視線を感じたら、その子を連れ出して。そして一度ぱあっと解放したあと、抱きしめるの。そのまま目を閉じて、頬にそっとあててみて。すると、頬が教えてくれるのよ。これだ、と思う布にふれた頬は「会いたかった」って、あなたの心の奥で、きっとささやくわ。

ミルミルさんは細めた目に一点の光をたたえてそう言った。ここはミルミルさんのお店。すとんと眠りにつけて、ぐっすり眠れる安眠枕をオーダーメイドできるのだ。

ふわふわのタオル地、やわらかなコットン、さらさらしたリネン、なめらかな絹、あたたかそうなニット生地など、ミルミルさんのお店の棚には、魅力的な枕の生地がつまっている。色や模様もさまざまで楽しい。

別の棚には、羊毛、綿、化繊、蕎麦殻《そばがら》、向日葵《ひまわり》の種、ビーズなど、多種多様なつめもののサンプルが置かれている。

生地も、中身も、使う人がいちばん好きだな、気持ちよいな、と思ったものを選んで、望み通りのデザインで作ってもらえる。何十年も不眠症で悩んでいた人でも、ミルミルさんの枕を使ったとたん、ぐっすり眠れるようになったこともあるそうだ。

私は不眠症というわけではないが、進学のためにこの町を出ることになったので、慣れない街でもよく眠れるようにミルミルさんのところで枕を作ってもらうことにしたのだ。

ミルミルさんの枕は大人気で、何年も先まで予約で埋まっているのだが、私の母とミルミルさんが子どものころからの大親友で、「お祝いしないわけにはいかないわ」と、出発に合わせて作ってくれることになったのだ。

私は、たくさんの美しい生地にうっとりとふれていった。ミルミルさんが言うところの「会いたかった」という布のささやき声に耳をすませていたのだが、なかなか聞くことができないでいた。自分には、ミルミルさんのように、布と対話できる能力がないのだろうと、少し悲しい気持ちになった。

ふと視線を感じて振り返ると、ミルミルさんと目が合った。いとおしげに目を細めて、私を見つめている。

「あなたに、ふれてもいいかしら?」

私は、まばたきをしながら、はい、と答えた。ミルミルさんは、私の髪の毛、額《ひたい》、頬、唇、首、肩に、ふわ、ふわ、と指先でふれた。それから自分の顔の前で指を合わせて目を閉じ、まるで祈るようなしぐさをしたあと、瞼《まぶた》を開いて私を見た。

「そうね、あなたが必要としているのは……」

そう言いながら棚の前で背を伸ばし、腕を伸ばして、棚の上の方にある布の束をするすると抜き出した。それは、灰色がかった薄い紫と水色が溶け合う色をした、やわらかな布だった。

「わあ、きれいな色」

「いろいろな朝の空を集めた色よ。すてきな朝に続く夢が見られるように。これは、フランネルという生地。確かめてみて」

私は手を伸ばしてその布にふれた。布の表面が、わずかにけばだっている。頬にあててみると、やわらかくて、あたたかく、気が遠くなるくらいやさしいものに包まれている気がした。

「気持ちいい……」

思わずそう口にしたとたん「アイタカッタ」という声が聞こえた。私は、「私も」と小さな声で応えた。

「では、枕の生地はこれできまりね」

ミルミルさんは満足そうな表情を浮かべて、手なれた様子で朝の色のフランネルの生地の束を両手でかつぎ、作業台の上に載せた。

「さて、次は中身ね。いろいろあるけど、もしよかったら、こちらからおすすめをお伝えしてもいいかしら？」

「ぜひ！」私はわくわくしていた。

「ゼリーよ」

「ゼリー⁉」

「もちろん、デザートで食べるゼリーとは作り方は違うけれど、あのゼリーの中にうずもれて眠ってみたいなあと思っていた、私の長年の夢を実現させたものなの。作り方や材料は、申し訳ないけど企業秘密。がんばってもちょっとしか作れないから、サンプルは出していないのよ。長年仲良くしてくれたあなたのママへのお礼を込めて、特別にお作りするわ。他の人には、秘密ね」

「はい、もちろん！」

私がそう言うと、ミルミルさんは白い歯を見せて笑った。

その後ミルミルさんは、いろいろな道具を使って私が快適な枕の高さと硬さを調べてくれた。

「世界でいちばん安心できる場所のエキスを全部、枕につめこんであげるわね」


私がいよいよ新生活のために出発する日、ミルミルさんは、私の枕を両手で抱え、献上物のように持ってきた。よく晴れた春の日で、淡い空の色をした枕に、淡い桃色の花びらが、はらり、ふわりとふりかかった。

ミルミルさんから枕を受け取って、私は早速ぎゅっと抱きしめた。極上の肌触りのその枕はやわらかく、私の身体によりそうようにくにゃりとくぼんだ。一瞬ひんやりしていたけれど、すぐにじわっとあたたかくなって、おとなしい生き物を抱いているような心地がした。

「これで、明日のための良い夢をたくさん見てちょうだいね」

「はい」

枕を抱きしめたまま、私はゆっくり頷いた。

空の枕、砂の枕につつまれる夢見る者のたどりつく夢

シェリーさんのコスチューム

村にね、映画の撮影隊がやってきたの、と、シェリーさんは言う。最初は休憩室のお茶汲《く》み要員として臨時で雇われたのよ。まだ十七歳だった。撮影してた映画はね、十八世紀の貴族の家に宇宙人がやってくる、っていう奇想天外なSF映画だった。だから、貴族の衣装を着た人がいれば、つるつるした服を着た宇宙人っぽい人もいたり、全身毛むくじゃらの人もいて、そういう人たちが撮影の合間に休憩しに来るから、ほんと、カオスだったわ。とっても楽しい、カオス。

シェリーさんは、目尻にたくさん皺《しわ》を寄せて笑う。

主役の女の子がね、貴族のドレスの衣装を着たままコーヒーを飲んでいたの。ミルクや砂糖を入れますかって訊いたら、いらないわ、ってクールに言ったので、大人っぽい子だなあと思っていたら、その子、手元がすべってブラックコーヒーを白い衣装の上に思い切りこぼしちゃったのね。女の子は真っ青になって、どうしよう、どうしようって、慌てちゃって。すぐに濡れたタオルで拭いたんだけど、染みは取れなかった。デリケートな生地で作られていて、レースや刺繍やリボンの複雑な装飾が施されていたから、丸洗いすることもできなくて。

シェリーさんは、遠くを見るように目を細めた。

女の子は茶色い染みを胸につけたまま、しくしく泣き出しちゃった。気の毒になってなんとかしてあげたいと思ったときに、思い出したのよ、お姫さまの衣装に触発されて作ったブローチを持っていたこと。白いレースを集めて作った薔薇《ばら》の花を重ねたブローチよ。試しに女の子の衣装に合わせてみると、コーヒーの染みがすっかり隠れたの。鏡の前でその子がうれしそうに動くと、葉っぱのかわりに垂らしていたラメ入りのリボンがきらりと光って、とってもすてきだったわ。

監督に事情を話したら、かえってすばらしい衣装になったと褒めてくれて。君は衣装が作れるのか、って監督に訊かれて、もちろんなんでも作れます！　って答えたの。見様見真似でワンピースくらいは作っていたけど、ちょっぴり大きく出ちゃったわね。

でも、楽しかったわ、とシェリーさんは夢見るように言う。

映画の衣装って、現実から非現実の世界へ誘《いざな》ってくれる装置なのよ。現場に立ち会っていると、次から次へとアイディアがわいてくる。血が躍るみたいにね。

村での撮影が終わったあとも一緒に仕事をしたいと言われ、シェリーさんは監督の母国に渡った。シェリー、という名前は、監督がこのときつけたあだ名なのだそうだ。

何十年も世界中を飛び回りながら、遠い昔の、あるいは遥かな未来の、あるいはとびきりの〝今〟の衣装を、映画のために、舞台のために、シェリーさんは作り続けた。

過去の時代の衣装を作るときは、できるだけその時代の布やボタン、装身具を探して作るのよ。アンティークショップに足しげく通ってね。初めて訪れた街で、古着屋さんを見つけると、ときめくわ。すてきなお店に入っていくと、店いっぱいに夢が呼吸しているみたいだった。

生地を作っている工場もよく見学させてもらった。現代や未来の物語の衣装を作るときには、最新の技術で作られた生地を使いたいなって思ってね。映画や舞台のための衣装を作っている、と言うと、たいてい喜んで布を見せてくれた。

シェリーさんは研究熱心なのだ。長年細かな仕事をしてきたその指先は、少し曲がっていて、手の甲に力強く浮き上がった血管は、シェリーさんの内なる情熱を伝えているようである。シェリーさんの手は、この世にないはずのものを産みだす、魔法の手だと思う。

シェリーさんは、村の自宅の庭に建てたアトリエに材料をたっぷり蓄えて、毎日さまざまな衣装を作っている。シェリーさんが「糸のマンション」と呼ぶ、太さ、色、質感など、さまざまな種類の糸が整然と並べられた棚は、圧巻である。

今日は妖精の衣装だから、透明な糸で縫いましょう。そう言いながら、棚から糸巻きを取り出してミシンに装着した。薄い桃色と黄緑がグラデーションになっているやわらかな半透明の生地が重なりあい、風に揺れる花びらみたいな衣装ができあがった。

さあ着てみて、とシェリーさんが手渡してくれたこの衣装は、私が舞台で着るためのもの。コンテンポラリーダンスで妖精を演じるにあたって、シェリーさんに発注したのだ。軽くて、やわらかくて、ほんのりあたたかくて、霧を纏《まと》っているようなすばらしい着心地だった。鏡の前で少し身体を動かしてみると、動きを全く邪魔することなく身体に寄りそってくれる。春の風となって今この世に生まれ出た気分になった。

私は衣装を着たまま外に出た。広々とした田園に、本当の春風が吹いている。風にしなやかに揺れる衣装は、風と対話をしているようだ。

遠くに森が見える。その森の中にできた新しい野外劇場で踊るのだ。世界的な衣装デザイナーになったシェリーさんを訪ねてきた劇場関係者がこの土地を気に入り、出資者を募って建てられた。森の緑を生かした舞台は、シェリーガーデンと呼ばれている。舞台に続く森の道には、ところどころ陶器の人形が置かれ、シェリーガーデンまでの道を案内してくれる。一人一人、シェリーさん特製の帽子をかぶっていてかわいい。雨に濡れても大丈夫な素材でできているらしい。

とってもきれいよ。私たちはみんな、この世の舞台に立っている。

シェリーさんが、耳元でささやいた。

私は誰のものでもありません光を透す布につつまれ

イルさんのたんぽぽ畑

初めてイルさんの家に行った日のことを、ぼんやりと覚えている。海、黄色い海だ、と思った。イルさんの庭には一面、黄色いたんぽぽがびっしりと咲いていたのだ。イルさんは、庭にたんぽぽの畑を作っていた。

私の父は、ある日突然病気で亡くなった。父は、所有していたトラックで全国どこへでも行く長距離ドライバーだった。母は父の仕事を引き継いで、トラックの運転手になった。走りはじめると何日も家を空けることになる。まだ小さかった私はその間、たんぽぽ畑があるイルさんの家に預けられたのだった。

イルさんは、母よりも大分年上だったけれど「大親友」なのだそうだ。

「どう？　たんぽぽは、きいれいでしょう？　きいろくってえ、きいれいでしょう？」

イルさんは、少し不思議なイントネーションで、とてもゆっくり話す。その声は、少し間のびしたのどかな音楽のようで心地よかった。

「きいれいなたんぽぽのおはな、一緒に摘んでくれるかなあ」

イルさんはそう言ってたんぽぽの花を次々に摘み、籐のザルに入れた。私も真似をしてたんぽぽを摘んで、ザルの上に置いた。イルさんは、私のすること一つ一つに「じょうずだねえ、えらいねえ」とやさしく褒めてくれた。

二人で集めたたんぽぽは、大きな鍋に沸かした湯でぐらぐらと煮た。笑顔をうかべて湯気の上がる鍋をかきまぜているイルさんは、陽気な魔女のようだった。

たんぽぽをしばらく煮た湯の中に、白い布やエプロン、ストール、ハンカチ、靴下、帽子、毛糸などを次々に入れ、さらにぐつぐつぐつぐつと煮ていった。

「みーんな、きいれいな、たんぽぽさんのおはなの色になるのよう」

鍋の中で、真っ白だったそれらの布が、だんだんたんぽぽの花の色に変化していくのがわかった。私は、鍋の中のたんぽぽの魔法を飽きずに眺めた。

鍋から取り出された布たちは、たんぽぽの花の色が染み込み、誇らしく発光しているように見えた。

イルさんはその布で、たんぽぽワンピースを作ってくれた。春の空気を含んでふくらんだりしぼんだりする、呼吸しているような服だった。なによりかわいい。うれしくて、たんぽぽ畑でくるくると踊った。夢中で踊っていると、自分がたんぽぽそのものになれたような気がした。

そのとき、母が仕事を終えて何日かぶりに私を迎えにきた。

「すっかりたんぽぽちゃんになっちゃって」

母はからからと明るく笑いながら、私を抱き上げた。母の髪は、かすかに海の匂いがして、遠くに行って帰ってきたんだなと思い、両手に力を込めて母を抱きしめた。

イルさんと母は、イルさん手作りのたんぽぽコーヒーを飲んだ。どんなものか気になって、一口もらって飲んでみると、とっても苦くて、舌を出して顔をしかめた。その私の顔を見て、二人がゲラゲラ笑ったので、ちょっとムッとして、部屋を走って出た。そして縁側からたんぽぽ畑にダイブした。

たんぽぽは、私が踊っても寝そべっても大丈夫。すぐに起き上がる。とてもたくましい花なのだ。

そう思っていたけれど、ある日、黄色かったはずの花が、白い綿毛に変わっていた。

「これなあに?」と訊くとイルさんは、「旅立ちの準備をしているところ」と答えた。「どこに？」と訊き返すと、少し考えてから「ここに、あるいは、とうっても遠くに」と言って綿毛のたんぽぽを摘み、唇を尖らせてそれを吹いた。綿毛は息を受けてはらりと分解し、一つ一つの種に分かれてふわりふわりと空中をただよった。私も真似をして綿毛たんぽぽを摘み、唇を尖らせて吹いた。

母が小さかったとき、イルさんの家は、お化け屋敷と呼ばれるほどボロボロだったそうだ。あるとき肝試しにそっと家の中に入ってみると、イルさんがいたのだ。「いる、いるよ、人がいる！」と、あわてて出てきた子の後から、イルさんがにっこり笑って手を振っていた。それからイルさんは「イルさん」と呼ばれるようになった。

イルさんの本名は、誰も知らない。でも、お母さんはイルさんのことが大好きだった。中学生になっても、高校生になっても、イルさんの家で長い時間を過ごし、大人になっていった。

私はある日、イルさんの頭がたんぽぽの綿毛のように白いふわふわになっていることに気づいた。イルさんが綿毛のたんぽぽみたいに風で飛んでいってしまうのではないかと不安になってそのことを言うと、イルさんは自分の頭を私の目の前に差し出した。私はそっとその髪にふれた。ふわふわしていて、ほんのりあたたかい。

「ほうら、綿毛みたいに吹いてえごらん」とイルさんは言った。恐る恐る息を吹きかけてみたが、綿毛のような白い髪の毛はイルさんの頭にしっかりと根を張ってい て、飛んでいったりはしなかった。

「飛んでいったりは、しないからあ。ずうっとここにいるから。心配しないでえ」

そう言って私を抱きしめた。

そのあと、綿毛のたんぽぽを刺繡したたんぽぽ色のハンカチを「どこにも行かない綿毛ちゃん」と言いながら手渡してくれた。いい匂いがした。

でも、ある日、たんぽぽ畑とたんぽぽの小物たちを残して、イルさんは空の遠く遠くへ行ってしまった。

私は今、二人目のイルさんとして、この家で誰かを待っている。

同じ色のシャツをまとってやってくる幻の父母、野草のサラダ

サラ&アンのランジェリー

サラとアンは、ある春の日の朝、一人のお母さんのお腹から、ほとんど同時にこの世に生まれ出てきた。顔も身体つきも泣き声もしぐさもほんとうにそっくりだった。以来、同じ時間に目覚め、同じ時間にお腹が空き、同じ時間に淋しくなり、同じ時間に眠たくなった。

好きな食べ物も、好きな洋服も、好きな本も、得意科目も、不得意科目も、同じだった。よく同じ言葉を同時に話したり、同じ鼻歌を一緒に歌ったりしていた。

一緒にいればなにをしても楽しく、いつまでもしゃべっていられた。どちらがサラで、どちらがアンか、学校の先生も、友達も、両親さえも区別がつかないことがあったが、本人たちも、どっちがどっちでもいいと思っていたように見えた。誰よりも二人で話をしている時間が楽しかった。

一心同体の二人は、ずっと一緒にいたいね、とよく口にしていた。

その願い通り、大人になった二人は、女性のためのオーダーメイドの下着を仕立てる仕事を共同で始め、生まれ育った家の中で朝から晩までずっと一緒にちくちくと針仕事をして暮らした。結婚して家を出ようなんて、一度も考えなかった。

ただし、生涯で一度だけ、二人は同時に恋心を抱いたことがある。お互いが考えていることは、自分のことのようによくわかる二人である。同じ人を好きになったと瞬時に察知し、同時にその気持ちを封印した。その後、ずっと一緒にいたいという気持ちは、さらに高まったのだった。

仕事熱心な二人は、世の中に先駆けてブラジャーやスリップの技術を習得した。一人一人の身体のサイズに合わせたやわらかい下着類は、着心地のよさに加え、身に着ける人の好みが反映された巧緻《こうち》な刺繍が施された美しい工芸品のようだった。評判はすこぶる高かった。

町の女の子たちは年ごろになると皆、サラとアンのランジェリーショップを訪ね、小鳥や花や動物など、好きなモチーフをあしらったブラジャーを作ってもらうのが慣習になった。愛する形を服の下に密かに携えていることが、揺れやすい女の子たちの心に小さな勇気を灯した。

女性たちの肌に直接ふれる繊細な生地の上で花びらがこぼれ、小鳥たちは羽ばたき、小犬はうれしそうに尾を振っていた。

あるとき、遠い遠い国のプリンセスが、サラとアンの店をお忍びで訪ねてきた。二人の作った美しいランジェリーの評判を耳にして、どうしても欲しくなり、はるばるやってきたのだった。

「私の人生に、自由はありません」

プリンセスは、二人に少し悲しそうにそう言った。しかしすぐに、きりりとした眼差しで、遠くを見つめながら威厳のある声でこう続けたのである。

「でもそれは、私の運命であり、使命だと思って覚悟しております。私は人々のために、自分に与えられた役割を全うして生きていく、それが誇りでもあります」

可憐で凛々しいお姫さまに、二人はすっかり魅了されたそうだ。

「だからこそ、誰にも見えないところに自分の願いを込めたいと思い、こちらにやってきました。どうか、私のただ一つのわがままを聞いていただけますでしょうか」

プリンセスの願いは、オーダーメイドのランジェリーに、アサギマダラの刺繡を入れてほしいということだった。アサギマダラは、海を越えて旅をする蝶である。あんなに小さくてはかない身体の蝶が、海を越えて飛んでいくという事実を知って、プリンセスは感動した。ままならない日々の中で、憧れの象徴であるアサギマダラを下着に縫い留めてもらうことを、心のよすがにしたいと願ったのだ。

サラとアンは、プリンセスの身体を慎重に採寸し、心を込めてアサギマダラを刺繍した。二人が長い時間をかけて丁寧に華麗な装飾を施した、それはそれは美しい下着ができあがった。

「プリンセスの身体は、夢のように美しかったわ。天使のようで、妖精のようで……。でも、ランジェリーを身にまとい、たくさんの蝶を従えたプリンセスは、紛れもなく誇り高いプリンセスでした」

詩を暗唱するように、サラとアンはこの話を何度も、いろいろな人にした。けれども、どこの国のプリンセスだったのかは、決して口外しなかった。

「あなたに見せてあげたいものがあるの」と私はある日サラとアンに呼び出された。二人が九十九歳の誕生日を迎えた日のことである。壁に、二枚のドレスが下がっていた。さまざまな模様の巧緻な刺繍が施された、美しいドレスだった。

「これまでに作った下着の生地のサンプルを集めて作ったのよ」と、アンが言うと、

「たくさんの、たくさんのオーダーメイドの下着たちのね」と、サラが続けた。

二つのドレスの中で、花が咲き、鳥が羽ばたき、草がなびき、雲が流れ、蜂が飛び、蝶が舞い、兎が跳びはね、リスが走り、狼が遠吠えをし、アサギマダラが海を渡っていた。

「すごい……」

私は息をのんだ。

「でしょう」

サラとアンが、誇らしそうな表情を浮かべて、にっこりと笑った。

「これを、私たちの死出の衣装にしてちょうだい」

百歳の誕生日の一日前に、二人の魂は同時に天に召された。おだやかに眠ったままの旅立ちだった。

特製の一つの棺に入れられたランジェリードレスの二人は、寄り添う二人の花嫁のようだった。

永遠に花咲く布を翻しわたしを生きるわたしの身体

鉄人さんのプリーツ

朝。初夏の爽やかな風が通り抜ける。学校の門へと続く坂を上りながら、さらさらと風になびく制服のプリーツスカートは、音楽を奏でているようで眺めるのが楽しい。

みんな同じ深い緑色のタータンチェックのプリーツスカートだけど、目の前のプリーツは、折り紙のようにその襞《ひだ》が鋭く際立っている。これはお友達のミーナちゃんのスカート。そして私のスカートの襞も、同じように鋭い。なぜなら、ミーナちゃんも私も、鉄人さんにプレスしてもらったプリーツスカートだから。

鉄人さんは、ミーナちゃんのお父さん。昔、トライアスロン（鉄人レース）の選手だったらしい。今は、一年中そで無しのシャツから黒光りするむきむきの腕を出して、日々布をプレスしている。

ミーナちゃんの家はクリーニング屋さんで、毎日たくさんの洗濯物を請け負い、巨大な洗濯機と乾燥機を回し、洗い終えたものは、すべて鉄人さんが太い腕に力を込めて、じっくりとプレスする。鉄人プレスが施されたあとは、シャツもスラックスもプリーツスカートも、まるで新品のように、いえ、それ以上に、ぱりっと仕上がっている。

ミーナちゃんの家に遊びにいったとき、休憩していた鉄人さんに、ふと訊いてみた。

「アイロンで鶴を折ることってできる？」

鉄人さんはにっこり笑って白い歯をきらりと光らせた。

「おう、できるさ、もちろん」

私は、そのとき持っていた花柄のハンカチを鉄人さんに手渡した。鉄人さんは、スプレーで糊《のり》をしゅっしゅっとふりかけながらハンカチをプレスしていった。花柄のハンカチは、布であることをどんどん忘れていくように、羽先を伸ばし、尾を天に立て、くちばしを尖らせていった。

はいよ、と鉄人さんが手渡してくれたのは、首を、羽を、尾を、誇り高くピンと伸ばした、花柄の一羽の鶴だった。

「わあ、すてき。うれしい」

私が心から喜んでいると、ミーナちゃんがおずおずと「ねえ、それ、私にくれないかな」と言った。「え？」と一瞬驚いたが、ミーナちゃんのハンカチでも鶴を折ってもらって交換しようという提案だった。もちろん喜んで承知した。

ミーナちゃんのハンカチは、白い雲が浮かぶ水色の空の模様だったので、空を切り取ったような鶴ができあがった。ずっと机の上に飾っているが、何年も経った今でも、しゃきっと羽を伸ばしている。いつでも飛び立つ準備はできています、と言っているようだ。

ミーナちゃんと私がピアノの発表会で連弾をしたときは、おそろいの鍵盤衣装を作ってもらった。鉄人さんがプリーツ加工した黒い布と白い布を黒鍵と白鍵になぞらえて布を重ねて仕立てたのだ。ミーナちゃんはドレス、私はパンツスーツを作ってもらった。

型紙を切ったり、縫製をしたり、洋服に仕立てる作業は、ミーナちゃんのママが担当してくれた。ミーナママは、私たちの身体のサイズを測りながら「うきうきしちゃう」と楽しそうに言った。

本番当日。自慢の衣装におそろいの白黒のプリーツリボンをつけて挑んだ連弾は、それはそれは心弾む楽しい経験だった。

鉄人さんの、折り目正しくくずれないプリーツは、ここ一番の勝負時に力をくれると評判になり、さまざまな目的で依頼されるようになった。

結婚の挨拶をする日に着るためのプリーツ入りのブラウス、入学試験の日に使うペンケース、初出勤の日に結ぶスカーフ、漫才のコンテストで締める蝶ネクタイ……。鉄人さんのプリーツは、それぞれの場面で、それぞれの幅で、自由に伸び縮みしながら活躍した。

私は、大人になってから遠くの町で一人暮らしをするようになったのだが、年に一度、ミーナちゃんと鉄人さんの住む町に戻ってくる。ミーナちゃんと連弾をするために。

そう、鍵盤プリーツの衣装で最初に連弾を披露して以来、私たちは毎年欠かさず新曲と新しいプリーツ衣装を発表し続けているのだ。

ピアノのある公民館でのささやかなライブイベントだが、私たちにとっても、町の人たちにとっても、なくてはならない年中行事になっている。

私が引っ越してからは、同じ場所で一緒に練習することはなかなかできないので、テレビ電話をつなげて練習している。だから、リアルに連弾ができるのは、私がこの町に帰ってくる、本番当日のリハーサル一回だけ。それでも、「今日も息がぴったりだったね」と言われる。とてもうれしい。折り目正しいプリーツのおかげだと思う。

今年は、プリーツを施した薄めの白いサテンを羽のように何枚も重ね、脛《すね》のあたりから黒いプリーツがのぞくおそろいのドレス。頭に小さな扇のような赤い髪飾り。鶴をイメージしている。私たちは観客の後ろから花道を通るように舞台まで歩いた。

演奏が無事に終わったあと、鉄人さんとミーナママを舞台に呼んだ。二人は普段着のまま、てれくさそうに現れる。鉄人さんは白いシャツにベージュのチノパンツ、ミーナママは若草色の無地のワンピース。どちらもプリーツは入っていないけれど、隅々までぴしっとアイロンがかかっていて、かっこいい。

鉄人さんとミーナママとミーナちゃんと私、四人で手をつないで、その手を一緒に高く上げてから一斉に頭を下げる。とても深く。たくさんの拍手が沸き起こる。

あと何回、この拍手を浴びることができるだろう。そう思いながら、折り畳んだ身体を四人一緒に持ち上げた。

襞飾り胸に咲かせて会いにいく山、谷、山、谷、かるがる越えて

シーさんのハートスカーフ

最初は、近所の仲のいい女の子たちがお茶を飲むために集まっていたのよ、とシーさんは言った。

ただお茶を飲んで話をするだけでも充分に楽しかったんだけど、長い時間一緒に過ごすだけではもったいないから一緒になにかを作りましょう、ということになったの。それで布と針と糸を持ち寄ってそれぞれ好きなものをちくちくとね。他愛のない話をしながら手を動かしていると、いつのまにかなにかができあがっている。自分のものも、友達のものも、だんだんできあがっていくのが目に見えるのは、とても愉快なことだったわ。幸せだった。それがこんなにも長く続くなんてね。

といっても、生きているとね、いろんなことがあるでしょう。世の中もどんどん変わっていく。自分の身体も、環境も、ずっと同じではいられない。そりゃあもう、とてつもなく悲しいこと、辛いこと、苦しいことも起こったわ。自分の力ではどうすることもできないときも多かった。でも、私たちはどんなことがあっても集まったの。唇をかみしめて、歯をくいしばって、とにかく集まって、なにかを作り続けたのよ。誰かが涙を流しながら針を動かしていても、本人がなにも言わないかぎり他の人は涙の理由をたずねたりしなかった。指先は、二つの目が流し続ける涙のことなんて頓着せず、なにかをこつこつと形作るために邁進《まいしん》していたわ。そうしているとね、涙なんてものは、不思議と必ず乾いたのよ。

そして、ときどきは、とてつもなくうれしいこと、幸運なできごとが降ってくるのよ。突然、いい風が吹いて、花びらが、若葉が、天使が降ってくるようにね。私たちは、それぞれがどこかで得てきた技術をテーブルの上で分け合ったわ。惜しみなく。だから、ずっと続けているうちに、他に類を見ないような技能集団になったのよ。定期的に作品展をして、洋服や小物の販売もしたんだけど、あっという間に気持ちよく売り切れた。評判が評判を呼んで、予約もたくさん入るようになってね。で、そのうちにいろんな人が――少年や青年も含めて、私たちの技術を教えてほしいって、遠いところからも訪ねてくるようになった。

技術を身につけて、もっと広い場所でその才能を生かすために長い旅に出ていった人もいた。私たちは学んだのよ。身につけた技術は、私たち自身を助けるんだって。どんなに悲しいことも、辛いことも乗り越えて、自分の力で歩いていくことができる原動力になるんだって。

「それが、この学校の始まりです」

シーさんは、まぶしい海を眺めるように言った。ここは丘の上にあるソーイングの学校。窓から涼しい風が吹いてくる。シーさんたちが始めたソーイングお茶会は、いつしかカンパニーとなり、ソーイングの学校も創立したのだ。

学生は、基礎コースでソーイング全般の基礎知識を学んだあと、ドレス、スーツ、帽子、鞄、子ども服など、それぞれが学びたい分野に進んでいく。この学校は、誰でも入れるわけではない。ちゃんと試験がある。ペーパーテストと実技テスト、そして、シーさんたちとの面接が行なわれる。この中では、面接がなにより重要視されているらしい。ソーイングに関する知識や手先の器用さや意欲も参照されるけれど、いちばん重要なのは一緒に話していて楽しいかどうか、である。話が楽しいということは、話題が豊富で、心遣いができて、ユーモアがあって、人の話をよく聞く力があるということ。そういう人をここでは常に求めている。逆に言えば、ちょっとくらい不器用でも、算数ができなくても、話し上手なら合格できるのだ。

だって、最初はお茶を飲むために集まっていたんだから、とシーさんは言う。シーさんは、ソーイングの大先生なのだけど、「私のことを先生なんて呼んじゃだめよ」といつも言う。この学校では、誰のことも「先生」とは呼ばない。ソーイングの技術は教わるけれど、コンセプトはあくまでも、お茶飲み友達の集まりなのだ。授業料を支払うのが難しいときは、学校の業務を手伝ったり、肩もみをしたり、歌を歌ったり、お茶菓子を用意したり、なんらかの貢献をして補うこともできた。

広い机と、たくさんのミシン。棚にはソーイングのための素材がぎっしりつまっている。学生は好きな時間に好きな場所で好きな人とおしゃべりをしながら作業をする。作業に疲れたら、お茶を淹《い》れて飲む。場合によっては併設のキッチンでお菓子を焼いて、シェアすることもある。

課題はあらかじめファイルにまとめられていて、一つずつこなしていく。わからないことにぶつかったらまわりの人に訊く。それでも解決できなければ、学校のどこかにいる赤いハートの刺繍が入ったスカーフをしている人に訊く。スカーフ留めに名前が書かれているので、先生とは呼ばず、その名前を呼ぶ。このハートの刺繍は、学生が刺したものである。入学した最初の日に一つ、誰かのスカーフにハートの刺繍を刺すのが決まりなのだ。長年ここにいるシーさんのスカーフには、赤いハートがびっしりと並んでいる。形が少しいびつだったり、糸を盛りすぎてごつごつしていたり、逆に薄くすけていたり、布が引きつっているハートもある。それらがみんなとてもいいとおしいとシーさんは言う。

「ハートはみなさんの命。ここから始まるの。どんどん上達していくのを見るのは、なによりの喜びよ」

シーさんは胸に提げたスカーフに、たくさんの赤いハートを灯して笑顔を浮かべる。私の刺したハートもその灯《あかり》の一つ。そう思うと、私の身体の奥のハートも、とくん、と熱くなる。

花と凪とよく眠る鳥ひるがえる海を泳いでいく銀の針

カト姉ちゃんの「このこ」たち

「これ、直せるかな」と、私がそれを差し出すと、カト姉ちゃんは両手でおそなえもののように受け取り、机の上に広げた。全体を眺めて、ふむ、とひとこと言ってから、指先で確認するように、その表面をゆっくりと何度もなでた。

「ずいぶんぱっくりやっちゃったね。痛かったでしょう」

私は「うん」と答えながら、少し泣きそうになった。

カト姉ちゃんに差し出したのは、私のお気に入りのうさぎ模様の黄色いスカート。自転車で転んだときに金具に引っかかり、裂けてしまったのだ。お気に入りの服だったので、自分の心も大きく裂けてしまったようだった。

「ねえ、直る?」

私はおずおずと訊いた。カト姉ちゃんが目をぱちりと開いた。

「直るよ」

私は、目の前がぱあっと明るくなった。

「大丈夫、どんなふうにしてほしいかは、このこがちゃんと教えてくれる」

カト姉ちゃんはそう言って、スカートを両手で持ち上げて、ひらひらさせた。

「このこ」って誰だろうと、初めて聞いたときはあたりを見まわしてしまった。私たちの他に誰かがいるわけではなかった。「このこ」は、私のスカートのこと。カト姉ちゃんは、いろいろなものを「このこ」と呼ぶ癖がある。

数日後、私のスカートはカト姉ちゃんの手でお直しされて戻ってきた。うさぎ模様のスカートの破れたところには、風にそよぐ草のように切り取られた黄緑色の布があてがわれて、うさぎが跳びはねる草原のようになっていた。ものすごくすてきで楽しいスカートになったと、胸がいっぱいになった。

カト姉ちゃんの言う「直るよ」は、元通りに直す、ということではなく、「このこ」の世界に似合うアレンジを加えて、再び楽しく使えるようにする、ということなのだった。

カト姉ちゃん、と呼んでいるけれど、正確には私の姉ではない。私の母の妹、つまり叔母さんにあたるのだ。カト姉ちゃんはずっとこの家で暮らしてきた。母は、祖母とカト姉ちゃんの住むこの家から一度出たが、生まれたばかりの私を連れて戻ってきた。私には父の記憶が全くなく、顔も名前も知らない。私にとっては最初から、祖母と母とカト姉ちゃんが家族だった。女四人の暮らしに、なんの不満も疑問もなかった。

カト姉ちゃんが学校へ行っていたのは中学生までだった。義務教育が終わってからは、ときどき買い物に行ったり図書館に行ったりする以外は、ほとんどの時間を家の中で過ごしている。恋人も友達もいない。でも、鼻歌を歌いながら器用な指先でいつもなにかしらを拵えていて、幸せそうだ。

うさぎスカート再生以来、カト姉ちゃんはいろいろな洋服のお直しもするようになった。お気に入りでよく着る服ほどぼろぼろになって穴もあいたりするが、それは「このこたちにとっては名誉なこと」だとカト姉ちゃんは言う。

「ここにいとしい穴がありましたよ、と讃えてあげるのがコツね」

カト姉ちゃんが敬意を込めて繕《つくろ》った穴は、洋服の新しいアクセントになって、とってもかっこよかった。靴下のかかとの穴やセーターの袖口の綻びも、元の色と絶妙に調和する色合いの糸で、丁寧に修繕された。

背が伸びたり、太ったり、痩せたり、年月と共に身体が変化して着られなくなる、あるいは似合わなくなる洋服が出てくる。カト姉ちゃんはそれを鋭く見極めると、その都度丁寧にサイズ調整をしてくれた。

小さな子ども服に布が少しずつ足されて大人のサイズになっていく過程は、洋服も自分と一緒に成長していくようで、なんだかわくわくした。

リボン、フリル、アップリケ、パッチワーク、刺繡、ビーズ、ファスナー、レース……。カト姉ちゃんの繰り出す技は、バリエーション豊か。私が出したアイディアも聞いてくれて、どうしたらもっとよくなるか、共に研究したのである。おかげで私たちはあまり新しい服を買わずにすんでいる。大切な記憶が蓄積されていくように、身体に寄り添ってくれた「このこ」たちと新しい時間を一緒に積み上げていくことができている。

作業中、カト姉ちゃんのために、自家製のレモンソーダを私は作る。お酒もカフェインも苦手なカト姉ちゃんは、レモンソーダがいちばん好きな飲み物なのだ。

ガラスコップに、はちみつに浸けたレモンの輪切りを二切れ落とす。そこにレモンを浸したはちみつを大さじ二杯加え、透明な大きな氷を二つ入れて炭酸水を注ぐ。しゅわしゅわと泡の立つそれをマドラーでひとまぜし、庭で摘んできたミントの葉を数枚ちらしたら、できあがり。

「レモンソーダ、レモンソーダ、どうしておまえはそんなにつめたいの」

レモンソーダを私の手から受け取って、カト姉ちゃんがうっとりと言う。

「香りも、味も、色も、動きも、音も、すべてが爽やかで、気持ちがよくて、美しくて、これほど完璧な飲み物は他にないわ。わが家のレモンソーダは、今日も最高よ」

カト姉ちゃんが、私にウインクを送る。

去年、一緒に暮らしてきた祖母が亡くなった。とても淋しい。祖母の身体は土に還ったが、祖母の着ていたたくさんの衣服はこの世に残された。祖母は何事も丁寧に扱う人だった。それらはいずれカト姉ちゃんの手によって、アレンジされて生かされていくだろう。

もう私は、一生新しい服を買わなくてもいいかもしれない。私たちは遺伝子だけじゃなく、身を包むものでも時間をつなげていくのだ。


来年も来れるかなあとつぶやいて古着の裾の糸のいろいろ

ヤンさんの白いハンカチ

引き出しの奥に入れた平たい箱を、私はときどきそっと取り出す。箱の中には、一枚の白いハンカチがきれいに折り畳まれて入っている。広げるとスズランの香りがほのかに漂う。白いハンカチには、白い糸で細かい刺繍が施されている。刺繍のモチーフは、草花や樹々、小鳥や鹿や蜂や蟻や蝶や猪などの生き物、素朴な煙突のある家々である。なつかしい景色が、白い糸で縫い留められているのである。

これは、ヤンさんが作ってくれたハンカチ。私が生まれ育った村の女たちは、ヤンさんの家に伝わる技法で施された白い刺繍のハンカチを一枚持ってお嫁に行く風習がある。辛いこと、悲しいこと、悔しいことがあったら、この白い刺繍のハンカチをぎゅっと握ると、すっとやわらぐと言われている。

嫁入りした先々で理不尽な目にあってきた女たちが、ぎゅっと握ってきたのだ。どんなに強く握っても、どんなに歳月が経っても、白い刺繍は綻びない。だからとても勇気づけられるのだと、母が言っていた。

母が持っていた白いハンカチは少し黄ばんでいたけれど、刺繡糸は一本一本凜《りん》と輝きながらやわらかく布に寄り添っていた。

私はハンカチを広げて、大きな窓にかざした。窓の外には高層ビルが立ち並んでいる。結婚を機に村を出て、今は大都会のマンションで暮らしているのである。


あの日私は、空に浮かぶ白い風船を見つけたのだ。風船は空の上で突然割れ、小さな落下傘が降りてきた。私はそれが落ちたところへおそるおそる駆け寄った。落下傘には白い箱が結びつけられていた。なんだろうと思いながら、木の枝の先でそれをつついていると、「お願いですから、それにさわらないでください」という男の人の声が聞こえて振り返った。声の主が、今の夫である。

彼は研究者で、気象観測をするために私たちの村を訪ねてきていたのだった。白い風船も観測のためのもので、データ収集の機械をぶら下げて飛ばしたのだ。風船が割れたのは失敗したからではなく、そういうふうにできているのだそうだ。

興味を引かれた私は、自分から調査の手伝いを申し出た。調査の内容についてはよくわからなかったけれど、彼はなにを訊いても常におだやかに答えてくれた。私は、一心に研究に没頭する姿に、だんだん惹かれていった。

調査が終わったあとも私たちは何年も文通を続け、いつか結婚を決めたのだった。ヤンさんの白いハンカチを荷物の中に入れて、私は村を出た。村の女たちがそれぞれのハンカチを手に持って一斉に風にそよがせ、見送ってくれた。緑豊かな夏の午後のことだった。空には白い雲が輝き、遠くで高らかに鳥が鳴いていた。

何両も連結された列車とそこからあふれだす無数の人々、空に届きそうな高い建物の群れ、道路を埋め尽くす車、騒音。見慣れない都市の風景に、最初はとても戸惑ったけれど、どんな質問にもやさしく答えてくれる夫のおかげで、私は次第に都市での生活になじんでいった。

近くに暮らす夫の両親も、同じようにやさしかった。やがて生まれた娘と息子もとてもいい子で、すばらしい友達も得て、すくすく育っている。私には、なんの不満もない。ヤンさんの白いハンカチを握り締めるなんて、無縁だと思う。

都市に生まれ育った義母は、さまざまな文化に対する造詣が深く、特にオペラやミュージカルが大好きで、よく誘ってもらって一緒に観劇した。見たことのない豪華絢爛《けんらん》な世界がそこにあり、圧倒された。私はそれまでお芝居といえば学芸会しか知らなかったのだ。

幕が下りたあとは、老舗のホテルでアフタヌーンティーをいただく。義母はマカロンをつまみながら、役者について、音楽について、衣装について、照明について、原作について、演出方法について、なめらかに見解を述べる。私には初めて知ることばかりで、ひたすら感心していた。

「とても勉強になります」

そう言ってにっこり笑い、ダージリンティーを口に含んだ。ほんのり甘くて、少し苦かった。

「勉強するばかりじゃ、つまらないでしょう？」

とある日義母が言った。

「あなたも、好きなことを見つけていいのよ。好きなことが見つかったら、いくらでも協力するわ。よき妻、よき母でいるだけでは、退屈でしょう？」

義母は目尻に美しい皺《しわ》を寄せて、にっこりと笑った。

「ありがとうございます」

笑顔で応えつつ、心の中で「自分の好きなことってなんだろう」と思った。

オペラやミュージカルは確かにすてきだけれど、義母のように深く好きになるほどではない。夫が心血を注いでいる研究のことも、もう興味は薄い。でも、夫と一緒に暮らす日々は、愛している。かわいい娘と息子の成長を見守るのは、なにより の喜びだ。これ以上に好きなことってあるのだろうか。妻と母以外の部分のない自分は、つまらない人間なのかもしれない。

私は部屋でひとり、ヤンさんのハンカチをじっと見つめた。そこには、草花や樹々、小鳥や鹿や蜂や蟻や蝶や猪などの生き物、素朴な煙突のある家々がある。白い糸で形作られたなつかしい景色が、脳内で鮮やかな色彩を伴って蘇《よみがえ》る。

妻でも母でもなかったときに見ていた景色。私はこの景色がなにより好きだった。そう思うと、涙がにじみ出てきた。涙は次々に流れ出る、私は止まらない涙を、白いハンカチで初めて押さえた。

一本の糸をふんわりそよがせて裸で空に浮かぶ風船

雲さんのもくもくちゃん

　この世界に空というものがあると気づいた瞬間のことを覚えている。青い空にぷっかりと白い雲が浮かぶ、そのハーモニーがそれはそれはきれいで、心が吸いこまれていくようだった。私はいっぱいに手を伸ばして、空に、雲に、ふれたいと思った。

　まだ言葉は話せなかったけれど、そばで見ていた母が私の気持ちに気づいたようで、私を抱きかかえて空に近づけてくれた。でも、空はおそろしく遠くて、母に抱き上げられただけでは、とうてい届かなかった。

　お空には届かないねえ、といった意味のことを、母はそのとき話したと思う。空にも雲にも手が届かないという事実を察知して、悲しかった。悲しいという言葉を知る前に知った、悲しい気持ちだった。

「世界が終わってしまうような、とてつもない絶望をかかえた顔だったわよ」

母はそのときの私の表情を、よくそんなふうに言っていた。

ある日、「雲を買ってきたよ」と母がにこにこと笑って帰ってきた。その腕には、白いふんわりとした大きなかたまりがあった。

「くも！　くも！　くも！」

空にふわりと浮かぶ白いもの、あれが雲だということを、私はもう知っていた。あの雲は、お店で買うことができたのだと知って私はとても興奮した。その白いふわふわをなでながら、これが雲なのかあ、と、信じてしまった。

母は染料につけてカラフルな雲を作った。母は見ててごらん、と言って一本の針でそれを刺した。ちくちく、ちくちく、長い時間をかけて。母の手の中で、だんだんなにかの形ができあがっていく。

母の言う「雲」は、実は羊の毛だった。さまざまな色の羊毛の雲を使って母が最初に作ったのは、私の顔をした人形だった。てのひらに収まるくらいの大きさの、私。ちょっと下がりぎみの眉や、丸い目、ふっくらした頰がよく似ていた。しかも、いちばんのお気に入りの洋服を人形が着ている。色の違う羊毛を使って、洋服の襟やフリル、髪につけていたアクセサリーまで細かく再現されていた。「うれしい！」と高い声で言うと、母はにっこり微笑《ほほえ》んだ。

それから、私の顔の人形が次々に生まれた。ある日あるときの私の姿が、人形として時を止めて棚に座っている。

そっくりだね、と目を丸くした私の友達の人形も、母は作りはじめた。

「子どもの顔はどんどん変わっていくから、こうして残しておくと、しあわせな時間が、消えないもくもくの雲になったみたいよ」

そんなことを言いながら羊毛のそっくり人形を手渡したので、母はいつのまにか「雲さん」と呼ばれるようになり、そっくり人形は、「もくもくちゃん」と呼ばれるようになった。

雲がきれいに浮かんでいる日は、もくもくちゃんと外に出かけた。雲の様子でその日連れていくもくもくちゃんを選抜している。ふんわりやわらかそうな雲が浮かんでいるときは、とっても小さいときの、力強い入道雲が浮かんでいるときは、むくむくの身体で元気に走り回っていたころの、レース模様の雲が浮かんでいる日は、ちょっとおすまし顔のもくもくちゃんを連れていった。

いつもの待ち合わせ場所に、友達のもくもくちゃんがいる。広い空が見える丘のベンチの真ん中に、お互いのもくもくちゃんを座らせて、私たちはもくもくちゃんになりきって、とりとめもない話をする。空見会と呼んでいる。

もくもくちゃんは、学校帰りだったり、長旅の途中だったり、赤ちゃんだったり、魚だったり、幽霊だったり、そのときどきで、いろいろだ。

「今日はいい天気ですねえ」

「ほんとですねえ。ところで、このごろ氷の味はどうですか、シロクマさん」

と話を振られたら、私はシロクマになる。

「そうですね、このごろの氷は、ちょっと甘いですね。きっと雪に砂糖がちょっぴりまじっているんでしょう」

「ほう、どうして雪に砂糖がまじっちゃうんですか?」

「そりゃあ、雲の上の国の王女様が、シュークリームが好きで、シュークリームの上にかかった粉砂糖をぽろぽろこぼすからです」

「それは、うれしいですねえ!」

「いいえ、ちっとも。甘いものなんて好きじゃありません。虫歯になってしまいますからね。王女様のシュークリーム好きは、いいかげんにしてもらいたいです」

「なんてこと。その氷、私がもらいたいです」

「ところで、あなたは誰ですか?」

「私は、ワタリドリのゆうびんやです。地球の裏にお手紙を届けているところです。

はっ、こうしてはいられません。早く、お手紙を届けにいかなくちゃ。シロクマさん、バイバイ!」

友達のもくもくちゃんと私のもくもくちゃんが手を振るところまで演じたら、今日のお空見会はいったんおしまい。けらけら笑って話を続けられないからだ。

雲の形は、すっかり変わっている。

雨が降った日は、もくもくちゃんが何人も私の家に集まってくる。輪になって、最近のうれしかったこと、じーんとしたこと、むっとしたことなんかを次々に報告する。みんないっぺんに話すから、なにを言ったのかお互いよくわからない。でも、いろんな気持ちが生まれたことだけは感じ取れるので、そうだねえ、たいへんだねえ、辛いねえ、などなど、なんとなく浮かんだ感想をいっぺんに話す。いよいよなんにもわからない。それでもみんな、なんだか満足している。

しとしとと降り続く雨の中で、もくもくちゃんたちの声は続いている。

雲があり雲が動いて雲を見る星のかけらとなってしゃがんで

スナノリのマントブローチ

出会ったのは、夜の公園だった。塾の帰りに近道をしようと思って、その公園を横切ったのだ。砂場の前がぼうっと明るく光っていて、黒いマントを羽織った人が一本の木のように立っていた。

私はぎょっとして引き返そうとしたが、その顔が自分と歳が変わらないような少女であることに気づいて、ふと立ち止まった。目が合った。

「買ってく？」

少女はそう言いながらマントを脱いで、ぱさりとひっくり返して広げた。マントの内側には、なにやら丸いものがたくさんくっついている。これを売っているということだろうか。少女は地面に置かれたカンテラの前にマントをかざした。そこについている直径五センチくらいの円の中には、刺繍やビーズを使って動植物や風景などが描かれていた。

「これは……ブローチ？」

「そう！」

「……これを、売ってるってこと？」

「そういうこと！」

淡い光の中で少女はにっこりと笑った。私はいぶかしく思いながらも、黒いマントに並ぶブローチを眺めた。

ブローチは、一つ一つ模様が違う。ニュアンスの異なる糸を重ねて作られた花びら、葉脈まで再現された緑、光に透けるトンボの翅《はね》、夕暮れの湖の風景など、直径五センチの中の世界は巧緻《こうち》で、美しかった。ビーズの粒が、カンテラの光を淡く照り返すのを見つめるうちに、この中の一つを胸につけて歩けたら、どんなにすてきだろうと思いはじめていた。

「これを、売ってくれるの？」

少女は、笑みを浮かべてこっくんと頷いた。値段を訊いてみると、お母さんがどうしても困ったことが起こったときだけに使いなさいと財布に入れてくれたお金と同じくらいだった。

「さあ、どれにする？」

少女はマントを地面の上にふわりと広げた。黒いマントの上のブローチは、夜空に浮かんでいるようだった。

買うと決めたわけじゃないんだけどな、と思いながらも、私はそこに並んだブローチを、改めて一つ一つじっくりと見た。

ふと、緑色の布地に白い孔雀《くじゃく》が横向きに描かれたブローチに目が留まった。王冠のように突き出た白い飾り羽根が凜々《りり》しくて美しく、きりりとした大きな目は、世界を遠くまで見据えているような奥深い眼差しをしていた。頭の中に、このブローチを胸につけて堂々と街を歩く自分の姿がまざまざと浮かびあがった。

私が凝視していることに気づいたのか、少女は孔雀のブローチをマントから外して手渡してくれた。そのブローチをてのひらに乗せてじっと見ているうちに、孔雀と目が合った気がした。胸がズキンと痛んだ。

この孔雀のブローチが欲しい、と強く思った。お母さんの言う「どうしても困ったことが起こった」わけではない。それはよくわかっていた。でも、どうしても欲しくなったのだ。「どうしても」のところは同じだ、などと自分の心の中で都合よく解釈しながら、「これをください」とブローチを少女に差し出し、財布からお金を出した。

買ったブローチを包んでもらっている間に少し冷静になった私は、こんな夜の公園でブローチを売る少女のことが気になってきた。

「ねえ、どこからきたの」

「遠くから」

少女はそっけなく答えた。

「一人で？」

「一人じゃないよ。パパと」

「パパは、どこに？」

「どっかにいる」

どっかって、どういうことだろうと思ったが、それ以上のことは答えてくれなそうなので、質問を変えた。

「このブローチ、あなたが作ったの？」

「作ったのもある。ママが作ったのもある」

「ママは、どうしてるの？」

「ママは、待ってる。私とパパは、長い旅をして、帰る。私たちはスナノリだから、砂の前で待ち合わせをしてる」

砂の前……あ、この砂場の前ってことか、と思った瞬間、強い風が吹き、風にあおられた砂が目に入った。

「あいたたたたた」

目が痛くて、しばらくうずくまった。流れ出た涙で砂を洗い流し、やっと目を開いてあたりを見回すと、少女はいなくなっていた。足元に、油紙で丁寧に包まれた白孔雀のブローチが残されていた。

その後、お母さんが財布に入れてくれた分のお金は、毎月のお小遣いで少しずつ財布に戻した。

すっかり戻し終わったころ、コートの襟の下に孔雀のブローチをつけてみた。そこだけじわりと身体があたたかくなったような気がした。と、同時に、なんともいえない淋しさを感じた。夜の公園でたった一人、来るか来ないかわからないお客さんを待つ気持ちって、どんなだろうと急に思ったのだった。

すべて夢の中のできごとのようだったが、ブローチの孔雀はいつまでも色褪《あ》せることなく、きりりと遠くを見据え続けた。これをつけて歩くと、私は一日中晴れ晴れとした気分でいられた。胸を張って歩けたのだ。

ある日、新聞の片隅に「スナノリ」という言葉を見つけた。広大な砂の上を特殊なバイクで走りながら、街から街へ行商をする「スナノリ」と呼ばれる人々の記事だった。「私たちはスナノリだから」と言っていたあの少女の声がまざまざと蘇った。

たくさんの手作りのブローチを内側に貼りつけたマントをかぶって、父親のバイクにまたがる少女の姿が胸の奥に浮かび、やがて遠ざかっていった。

スナノリのあの子は、今日もはるかなる旅を続けているのだろう。

かすかに色を残して砂になるだろう花も小鳥も私の咽喉も

ライムさんの帽子

二階にある私の部屋の窓から、隣の家の小さな裏庭の一部が見えた。ある日、朝早く目が覚めて、ぼんやりと窓の外を見ると、裏庭の芝生の上で影が動いているのに気がついた。朝日がのぼりはじめたころのオレンジ色の朝焼けの空の下で、細長い人の影がゆらゆらと揺れた。身体は建物に隠れて見えないけれど、隣の家の人が庭先で踊っているのだろうと思った。

酔っ払っている人のようにふらふらと動いたり、しゃきっと身体を伸ばしてロボットのような動きをしたり、バレリーナのようにやわらかく身体を傾けて優雅に動いたりした。その細長い手が、ベレー帽のような丸い帽子をときどき頭から外して持ち上げた。私は、時を忘れて影の動きに見とれていた。

学校に遅れるわよ、という母の声にはっとして目を覚ました。いつのまにか眠っていたらしい。窓の外を見ると、影はなくなっていた。

次の日も、朝焼けのころに目覚ましをかけて起き、裏庭をのぞいた。やがて細長い影が伸び、影が踊りはじめた。前の日とは違う帽子をかぶっていた。つばが広くて、大きな羽根が付いているようだった。

ああすてきだなあとずっと見ていると、影はふっと建物の影の中に消えていった。あの影の主は一体何者なのだろう。私はその人にとても会いたくなった。隣の家の前を、散歩をするふりをして何度もうろうろと歩いたり、家の前のバス停でバスを待っているように装って、長く座ったりした。

ときどき、ふっくらした年配の女性が玄関を出入りするのを見かけたが、この人はあの踊りを踊っている人ではなさそうだ。

ある日、庭にたくさん実った柿を隣家におすそ分けすることになった。私は喜んでその役目を願い出た。

玄関を開けて出てきたのは、あの年配の女性だった。その人は、「まあ、わざわざありがとう、お礼にお茶でもいかが?」と家の中に招き入れてくれた。

通してもらった部屋には壁一面に棚があり、さまざまな帽子が陳列されていた。山高帽子、麦わら帽子、野球帽に、ハンチング帽、テンガロンハット……。ありとあらゆる種類の帽子がある。どれもユニークで美しい。影となって取り外されていた帽子の形を思い出しながら、この中にそれがあるのかもしれない、と思った。

「お帽子、お好き?」

「はい。こちらの帽子はどれも、とてもすてきです」

「まあ、うれしいわ。うちはね、昔、オーダーメイドの帽子を作っていたのよ。ここに飾ってあるのは、その名残なの」

「そうなんですね」

「あなた、いつもうちのことを気にかけてくださっているわよね」

「え?」

「バス停から、こちらをずっと眺めているお嬢さんがいるなあって思ってたの。あなたね」

女性はにっこりと微笑んだ。その微笑みに気持ちがゆるんで、窓から見えた影に魅了されてその人にとても会いたいと思っていた気持ちを正直に伝えた。すると、その女性の顔がふわりと明るくなった。

「踊っていたのは、私の一人息子のライムです。会いたいと思ってもらえて、うれしいわ。今、呼んでくるわね」

ついに会える。私の胸は、最高潮に高鳴った。

女性に促されてやってきたライムさんは、小柄な青年だった。黒いタートルのカットソーに黒いスラックス。頭には黒いニット帽をかぶっている。黒い靴下を履き、黒い手袋も嵌《は》めているので、肌が見えているのは顔の部分のみ。端整な白い顔が、光って見えた。

ライムさんは、私と目が合うとにっこりと微笑み、ニット帽を取った。帽子の下からふさふさの金色の髪があらわれ、お辞儀をした。私もすぐにお辞儀を返した。

ライムさんは顔を上げると、胸に手をあててからてのひらを合わせて目を閉じ、軽く頭を下げた。

「私の踊りを見てくれてありがとうと言っているの」と、ライムさんのママが言った。

「声がうまく出ないから、こうして動きで伝えているのよ」

「そうなんですね。えっと、私が話すことは、わかりますか?」

ライムさんは、こっくりと頷き、踊りを披露してくれた。踊りながら、騎士にも、貴婦人にも、ロボットにも、子犬にも、白鳥にも、自在に変身した。その都度、ふさわしい帽子を棚から取り出して取り換え、踊った。

その表情や、指先の動き、首の傾き、力強い跳躍から、ライムさんの気持ちがじんじん伝わってきた。

ふと、ライムさんが動きを止めた。淡い色のオーガンジーの布を何枚も重ねたつばの広い帽子を取り出し、私にかぶせて、よく似合うよ、と言うように微笑んだ。その帽子は、それはそれは軽やかで心地よく、なんともいえない良い香りがした。

ライムさんは黒い手袋を取り去り、白い手を私に差し出した。私はその手の上に、自分の手を重ねた。ライムさんは膝を曲げて腰を落とした。「私の世界へようこそ」と言っているようだった。

それから私の腰に手を回して、近世の貴族がしていたようなダンスをゆったりと踊りはじめた。ライムさんのリードはやさしく、私は容易についていくことができた。どこまでも一緒に行ける気がした。

〈夢のような昨日、風のような明日〉

そんな言葉が、私の胸に浮かんだ。ライムさんの鼓動が、私の身体の中で言葉になったのだと思った。

どこにいこうなにをはなそうそれぞれの帽子の中に小鳥しずめて

あとがき

針と糸と布。その三つさえあればどんな夢もかなう。ずっと昔からそんな気がしていました。一針一針の歩みは微々たるものだけれど、地道に針を動かしていけば、着実になにかができあがっていく。その過程が子どものころから大好きで、ずっと針と糸と布でなにかしら拵える人生が送れたらいいなあと思っていたほどでした。

実際に人生の中でときおり「手芸熱」にかかり、パッチワークをしたり、子どもの服や小物を拵えたり、小鳥やきのこの刺繡をしたり、マフラーやセーターを編んだりしたことがあります。『フランネルの紐』は、そんな手芸全般への愛を込めて書きました。

世界には、それぞれの地域で受け継がれた、さまざまな特色を持つ布製品があります。刺繡やレースなどの装飾技術がすばらしくて、愛らしくて、うっとりするものばかりです。実用的な側面だけでみれば、そうした装飾はなくてもいい場合もありますが、女性が担うことの多かったその手作業は、それぞれの地域の大切な文化であり、関わった人の生きた証、魂の痕跡でもあると思います。手作業のまわりには、人生があり、誰かが誰かのために縫い合わせる布に、糸に、ボタンに、気持ちが宿ります。祈りと言ってもいいかもしれません。言葉のかわりの一針一針だったのかもしれません。

いくつもの物語を紡ぐため、手縫いのように連ねた私なりの言葉を味わっていただければ、とても幸せです。

「PHP」連載時に毎回すてきな挿画を描いてくださった牧野千穂さんには、単行本化にあたり、新たにすばらしい装画を描いていただきました。心より感謝申し上げます。

二〇二四年七月

東直子

東直子（ひがし なおこ）
歌人、作家。広島県生まれ。一九九六年、第七回歌壇賞、二〇一六年、『いとの森の家』（ポプラ社）で第三一回坪田譲治文学賞を受賞。歌集に『春原さんのリコーダー』（ちくま文庫）、小説に『とりつくしま』（ちくま文庫）、『ひとっこひとり』（双葉社）、詩集に『朝、空が見えます』（ナナロク社）、絵本に『わたしのマントはぼうしつき』（絵・町田尚子／岩崎書店）など、著書多数。最新刊は、エッセイ集『魚を抱いて　私の中の映画とドラマ』（春陽堂書店）。

本書は、二〇二二年七月〜二〇二三年十二月、
月刊誌「ＰＨＰ」（ＰＨＰ研究所）で連載された作品を加筆・修正し、書籍化したものです。

フランネルの紐

二〇二四年九月二〇日　初版印刷
二〇二四年九月三〇日　初版発行

著者　東直子
発行者　小野寺優
発行所　株式会社河出書房新社
〒一六二-八五四四
東京都新宿区東五軒町二-一三
電話　〇三-三四〇四-一二〇一［営業］
〇三-三四〇四-八六一一［編集］
https://www.kawade.co.jp/

装丁　名久井直子
装画　牧野千穂
組版　株式会社キャップス
印刷　株式会社暁印刷
製本　加藤製本株式会社
Printed in Japan　ISBN 978-4-309-03210-8